AF363607

13 Avril 1892.

V

Vente du Mercredi 13 Avril 1892

A DEUX HEURES PRÉCISES

HOTEL DROUOT, SALLE N° 6

OBJETS D'ART

COMPOSANT LA COLLECTION

De Feu M. Alph. MAZE-SENCIER

EXPOSITION PUBLIQUE

Le Mardi 12 Avril 1892, de 1 heure 1/2 à 5 heures 1/2

COMMISSAIRE-PRISEUR	EXPERT
Me Maurice DELESTRE	**M. B. LASQUIN**
Rue Drouot, 27	*Rue Laffitte, 12*

PARIS — 1892

IMPRIMERIE MAULDE ET RENOU

A. MAULDE & Cie

IMPRIMEURS DE LA COMPAGNIE DES COMMISSAIRES-PRISEURS

Rue de Rivoli, 144. — Paris

CONDITIONS DE LA VENTE

———

Elle sera faite au comptant.

Les Acquéreurs paieront CINQ POUR CENT en sus des enchères.

A. MAULDE et Cⁱᵒ, imprimeurs de la Compagnie des Commissaires-Priseurs,
rue de Rivoli, 144.   600—23068

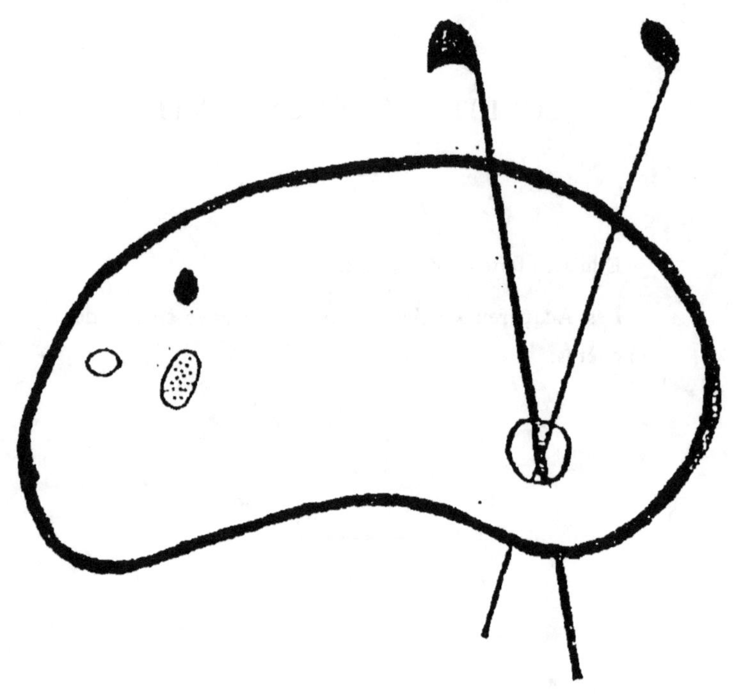

FIN D'UNE SERIE DE DOCUMENTS
EN COULEUR

DÉSIGNATION

SCULPTURES DE BONZANIGO

1 — Importante Parure composée d'un Collier, deux
Boucles d'oreilles, une grande et deux petites Broches et une Boucle de ceinture, ornée de très fines
sculptures sur bois, par Joseph-Marie Bonzanigo,
avec monture en or.

Voici les divers motifs dont se compose cette
parure.

Le Collier : six Médaillons de fleurs et un septième,
plus grand, représentant un Nid d'oiseau.

La grande Broche : Nymphe coupant les ailes d'un
Amour.

Les Boucles d'oreilles : deux Figures antiques et
deux petites Têtes de profil.

Les deux petites Broches : une Figure allégorique
et une Mouche dans une couronne de fleurs.

La Boucle de ceinture : les Attributs de l'Amour
et deux Colombes.

2 — Boîte ronde en écaille, dont le couvercle est orné
d'un bas-relief en bois sculpté, par Bonzanigo, r epré-
sentant Daphnis et Chloé.

3 — Boîte ronde en écaille blonde, offrant sur le couvercle : l'Autel avec les attributs de l'Amour, en bois
très finement sculpté, par BONZANIGO.

4 — Boîte ronde en écaille posée d'or, ornée d'une fine
sculpture, par BONZANIGO, représentant un Trophée.

5 — Dessus de Boîte offrant en bas-relief : une Nymphe
et un Amour, finement sculpté, par BONZANIGO.

BOITES, TABATIÈRES, MINIATURES

6 — Boîte ronde à secret, en vernis Martin, à raies
blanches, sur fond rose, monture en or, à cercles
repoussés et gravés. Sur le couvercle, un médaillon
ovale à guirlandes, encadre une miniature représentant une jeune Femme vêtue en blanc, avec voile
blanc et couronne de roses, portant une Colombe et
s'avançant vers un Autel. XVIIIe siècle.

7 — Boîte ronde en écaille brune, le couvercle en vernis Martin, décoré d'un sujet de deux Nymphes,
lutinées par deux Amours.

8 — Boîte ronde en poudre d'écaille moulée, couleur
lie de vin, le couvercle, orné d'une peinture au vernis Martin, jeu de six Enfants.

9 — Boîte ronde en ivoire, surmontée d'un médaillon
également en ivoire, sur fond de paillon. Portrait
de Louis XVI, buste de profil à droite.

10 — Boîte ronde en écaille moulée et teinte couleur
lie de vin, ornée d'une miniature en grisaille, par
SAUVAGE, représentant deux jeunes Filles et un jeune
Garçon jouant au Colin-Maillard.

11 — Boîte ronde à secret, incrustée de burgau et cerclée d'or, offrant une miniature ovale, jeune Villageoise portant un panier d'œufs et tenant une rose.

12 — Boîte ronde en écaille brune, dont le couvercle est décoré d'une très fine sculpture en ivoire, représentant le Serment d'amour.

13 — Boîte d'écaille blonde, dont le couvercle représente le buste de Lafayette, de profil à gauche, en costume de général de la garde nationale, exécuté en ivoire.

14 — Boîte d'écaille moulée, gros bleu, cerclée de perles d'acier, le couvercle, orné du portrait de Beaumarchais, en ivoire sculpté, sur fond de paillon, buste de profil à droite. Époque Louis XVI.

15 — Boîte ronde en vernis Martin, à mille raies, avec portrait-buste de profil à gauche, d'un jeune Homme. Époque Louis XVI.

16 — Boîte ronde en écaille, couvercle orné d'une petite gouache, représentant un torrent, par Louis Moreau.

17 — Petite Boîte ronde, en émail de Saxe, décorée d'un paysage maritime.

18 — Boîte ronde en écaille moulée. Le sujet tiré de la pièce de Collé. La partie de Chasse de Henri IV, représente le roi à table chez le meunier Michaud.

19 — Boîte ronde en poudre d'écaille, représentant une vue des Tuileries, en étain doré et colorié, et une Tabatière en buis représentant un Château.

20 — Petite Gouache ronde, de l'époque de la Révolution, représentant l'Autel de la Liberté.

21 — Boîte ronde en vernis Martin, décorée de fleurs, sur fond or, et d'un sujet en camaïeu : Offrande à l'Amour.

22 — Boîte Louis XVI, en vernis Martin aventuriné, avec petit Médaillon peint à la gouache et s'ouvrant par un ressort.

23 — Boîte ronde en écaille ornée d'une petite peinture paysage, genre de CRÉPIN.

24 — Une Boîte à fiches en ivoire gravé et trois dessus de boîtes en ivoire sculpté à sujets de figures.

25 — Boîte ronde en ivoire avec sujet en relief : Offrande à l'Amour.

26 — Boîte ronde en écaille avec portrait de Charles X, en ivoire sculpté, travail de Dieppe et un portrait buste du duc du Berry dans un cadre en bronze.

27 — Boîte en écaille avec portrait de Buffon, une boîte ronde en poudre d'écaille bleue.

28 — Deux Tabatières en buis : l'une maçonnique offrant un œil rayonnant dans une ellipse chargée en haut de sept étoiles ; l'autre ornée d'un bas-relief argenté : Chasse à l'Ours.

29 — Deux Étuis en chagrin, l'un avec médaillon en nacre : Portrait de Louis XVI ; l'autre, avec miniature : Portrait d'Homme.

30 — Boîte ronde en buis dont le couvercle représente en bas-relief Voltaire et Rousseau, exécuté en ivoire.

31 — Boîte ronde en ivoire sculpté, dont le couvercle représente un femme en riche costume du xviiie siècle donnant des cerises à un perroquet.

32 — Cinq pièces en ivoire. Boîte plate rectangulaire
représentant Persée délivrant Andromède ; Boîte
ronde en écaille couverte d'ivoire à sujet pastoral,
un dessus de boîte et une boîte à fiches en ivoire
gravé et teint.

33 — Trois Boîtes en ivoire et en écaille offrant sur
le couvercle des paysages et vues de monuments,
en étain doré.

34 — Boîte ronde en poudre d'écaille, couvercle décoré
d'un sujet familier exécuté à la pointe sur fond
d'or.

35 — Quatre Boîtes rondes en buis représentant des
sujets en relief : Madame Angot et Nicolas, les deux
Gaspard, une Danse flamande, le Serment de fidélité
à la Charte.

36-37 — Huit Boîtes diverses à couvercles en Wedg-
vood, écaille et composition, décorées de sujets
variés.

38 — Miniature (fragment d'éventail) peinte à la gouache ; Scène pastorale de quatre figures. Epoque
Louis XV.

39 — Miniature ovale sur ivoire : Portrait du peintre
Latour.

40 — Petite Peinture : Portrait de jeune Femme en
costume Louis XVI. Cadre rocaille en bronze.

41 — Miniature en grisaille dans un étui en galuchat :
Portrait de dame, de profil gauche.

42 — Miniature rectangulaire : Daphnis et Chloé.
Cadre Louis XIV en bois sculpté.

43 — Boîte ronde en galuchat garnie d'argent, et une Tabatière formée d'un soulier en cuivre garni de strass.

44 — Etui italien en forme de livre revêtu de cuir doré au petit fer et aux armes des Médicis.

45 — Boîte ronde en vernis Martin, décorée d'une caricature sur la coiffure Louis XVI.

46 — Miniature ovale : Portrait du Baron Denon. Signée BOSMAURIN, 1825.

DESSINS

47 — Beau Dessin à la gouache et à l'aquarelle par Ph. CARESME : Faune et Bacchante près de l'autel de Priape.

48 — Dessin à la sanguine, par MASSUCCI : Suivantes de Diane chasseresse.

49 — Petit Dessin attribué à LÉPICIÉ : Portrait de jeune Femme, en buste, forme ronde.

50 — Deux petites Gouaches, par Louis MOREAU : Paysages avec Rivières.

51 — Deux Aquarelles : Architecture romaine, et un Dessin : Enfant souriant.

OBJETS DIVERS

52-55 — Quatre Râpes à tabac du XVII° et XVIII° siècles en ivoire sculpté à figures et sujets.

56 — Râpe à tabac en bois sculpté à motifs d'ornements avec chiffres et écusson couronnés. Travail de Bagard, de Nancy.

57 — Râpe à tabac en émail de Limoges décorée d'un sujet de deux figures : la Leçon de flageolet.

58 — Râpe en bois incrusté d'ivoire.

59 — Râpe en forme de poisson gravé en fer, niellé d'argent et une Râpe en fer.

60 — Râpe en cuivre formée d'une figurine.

61-62 — Quatre Binocles et deux Monocles du temps du Directoire et de l'Empire, en or, en argent doré, cuivre et acier.

63 — Six Clefs anciennes des xvi° et xvii° siècles, en fer ciselé et un étui à ciseaux en fer gravé et doré du temps de Louis XIII.

64 — Sept Bagues marquises anciennes en or et argent, ornées de miniatures et de devises diverses.

65 — Casse-Noisette en fer ayant la forme d'une tête de brochet.

66 — Petit Coffret en cuivre gravé à rosaces. Époque Louis XIII.

67 — Émail de Laudin : Sainte Madeleine.

68 — Figure de Mendiant en bois sculpté, en haut-relief, dans un cadre en bois doré, à feuillages ajourés.

MÉDAILLONS EN TERRE CUITE
DE NINI

69-74 — Médaillons bustes en terre cuite du chevalier
Nini. — Suzanne Jarente de la Reynière, 1780.

Louis XV, 1770.

Jacques Donatien Le Roy de Chaumont, 1783.

Michel Foucault, 1775.

Franklin, 1775 (deux épreuves).

Marie-Thérèse d'Autriche, 1769.

VERRERIE

75 — Vase cylindrique, en ancien verre de Venise
filigrané.

76 — Buire à piédouche, munie d'une anse en forme
d'anneau surmonté d'un oiseau, en verre incolore à
raies blanches en spirales et rehauts de verre bleu.

77 — Seau à anse mobile en ancien verre de Venise à
pans, avec cerceaux simulés en émail jaune.

78 — Deux petites Buires en ancien verre de Venise.

FAIENCES ANCIENNES

79 — Groupe en ancienne terre de Cyfflé émaillée. Léda
debout et le Cygne. Groupe mentionné et reproduit
dans l'ouvrage de M. Maze-Sencier : *Le Livre des
Collectionneurs*.

80 — Gros Vase de pharmacie, à piédouche, à anses torsades et à mufles de lion, décoré d'un sujet de chasse au lièvre et de ramages en bleu. Ancienne faïence de Nevers.

81 — Vase surbaissé à couvercle, en faïence à décor en relief et en couleurs et un Pichet fracturé à riche décor en bleu et rouille en vieux Rouen.

82 — Très grand Plat en ancienne faïence de Rouen, à décor bleu : au centre un écusson fleurdelisé soutenu par deux griffons ailés et surmonté d'une couronne ducale, vers la chute et sur le bord deux zones d'ornements à entrelacs et enroulements.

83 — Plat rond en ancienne faïence de Rouen, décor bleu à rosace, au centre vers laquelle retombent symétriquement des lambrequins partant du bord.

84 — Grand Plat en faïence de Rouen à riche décor bleu. Rosace et lambrequins.

85 — Tabatière en forme de livre, en ancienne faïence de Rouen, décoré en bleu et jaune avec deux médaillons dans lesquels on lit : « Bon tabac ».

86 — Hanap forme casque à décor bleu très fin, composé de lambrequins godrons et mascaron, en ancienne faïence de Rouen.

87 — Hanap analogue au précédent.

88 — Aiguière en ancienne faïence de Rouen, décor bleu à rinceaux.

89 — Gourde en ancienne faïence de Nevers, fond gros bleu décorée de fleurs en camaieu blanc. Le col refait en étain.

90 — Gourde en faïence de Nevers décorée en bleu d'une figure de : Pierre Guil Bon et d'une figure de Saint Pierre, sur les côtés deux têtes de béliers en relief simulent des anses.

91 — Hanap forme casque en ancienne faïence de Rouen, décor bleu à godrons et larges lambrequins, ainsi qu'un double écusson armorié.

92 — Assiette en ancienne faïence de Rouen à décor bleu rayonnant : au centre une rosace et des lambrequins alternant avec d'autres lambrequins, formant arceaux vers la bordure.

93 — Assiette en ancienne faïence de Rouen, décor bleu à armoirie au centre, lambrequins et festons de fleurs au marli.

94 — Assiette en faïence de Nevers à décor blanc sur fond gros bleu.

95 — Jardinière-Applique en faïence de Rouen, décor polychrome à fleurs.

96 — Jardinière-Applique en faïence de Moustiers à décor bleu.

97 — Assiette à riche décor rayonnant à rosace et lambrequin en ancienne faïence de Rouen.

98 — Assiette creuse décor bleu rayonnant en spirale, ancienne faïence de Sinceny.

99 — Assiette en ancienne faïence de Rouen à décor rayonnant à compartiments, avec cygne au centre.

100 — Assiette en vieux Rouen, décor polychrome à fleurs avec chimère et oiseaux.

101 — Assiette en porcelaine ançienne de Tournay, pâte tendre, décorée au centre d'un médaillon de fleurs retenu par un ruban rose.

102 — Deux Assiettes en faïence ancienne de Moustiers, décorées d'armoiries en bleu.

103 — Deux Assiettes décorées d'armoiries en couleurs, faïence de Rouen.

104 — Deux Assiettes en ancienne faïence de Nieder-viller, décorées de paysages en camaieu carmin.

105 — Deux Assiettes en faïence de Marseille, décor en camaieu vert à figures et chimères.

106 — Deux Plats en faïence de Delft, décor bleu, figure de pêcheur et de fleurs.

107 — Plat en faïence de Castelli avec sujet de figures et armoiries.

108 — Deux Plats en faïence ancienne de Rhodes à décor d'œillets.

109 — Deux petits Plats en ancienne faïence italienne à paysages et armoiries.

110 — Soupière formée d'une tête de sanglier grandeur naturelle en ancienne faïence de Bruxelles.

111 — Soupière en forme de poule couveuse sur un plat.

112 — Deux Légumiers en forme de melons décorés au naturel.

113 — Soupière en forme de choux décorée au naturel.

114 — Petit Plat offrant des cœurs de salade en relief et décorés au naturel en ancienne faïence de Sceaux.

115 — Plat décoré de fleurs sur lequel sont posées sept tomates décorées au naturel en faïence d'Alcora.

116 — Plat contourné à bordure décorée en jaune sur lequel sont posées quatre pommes.

117 — Petit Plat de figues en faïence de Moustiers et Plat d'olives.

118 — Plat d'asperges.

119 — Plat de coings et de noix en faïence de Bruxelles.

120 — Soupière ou légumier formé d'une salade, sur plateau feuille de choux.

121 — Soupière en forme de mitre en faïence de Marieberg.

122 — Deux Canards formant légumiers.

123 — Trois petits Beurriers formés de volatiles en faïence et un autre formé d'une botte d'asperges.

124 — Sucrier à saupoudrer en faïence de Rouen.

125 — Deux grands Vases de jardin de forme octogonale en faïence de Nevers à décor bleu.

126 — Soixante-dix Assiettes en faïence de Nevers, Rouen, Strasbourg, à décors variés, trophées, fleurs, mongolfière etc., l'une décorée d'un collier (dit Collier de la Reine), en faïence de Sceaux.

127 — Assiette en faïence de Castelli.

128 — Douze Assiettes et Plats en ancienne faïence de Strasbourg et de Marseille.

129 — Faïences diverses : Saladier, Brocs figurines, en Nevers et Sinceny, Ecuelle, Jardinière, Hanap.

130 — Deux Cornets en faïence italienne.

131 — Vase à deux anses et à décor en relief, en terre
d'Avignon, décoré de guirlandes.

132 — Brasero à anse en terre brune d'Avignon.

133 — Petite Gargoulette en forme de buire en faïence
d'Avignon, décorée en relief.

134 — Petit Plat rond en faïence de Savone, à bordure
ornée de feuillages en relief et fond décoré d'un paysage.

135 — Deux petits Plats, décorés chacun d'une figure
et d'ornements en relief.

PORCELAINES ANCIENNES

136 — Tasse droite et sa Soucoupe en ancienne porcelaine de Sèvres, fond jaune avec semis de myosotis
en bleu, la Tasse offre dans un médaillon réservé en
blanc et en forme de losange les lettres D en or et B
en roses, chiffres de Mme Du Barry, la Soucoupe
offre au fond un médaillon de roses. Année 1786,
décor de Moiron.

136-140 — Huit Tasses en ancienne porcelaine de
Saxe, de Sèvres, de Berlin et de Capo di Monte, de
décors variés.

141 — Tasses et Soucoupes en porcelaine ancienne de
Chine.

142 — Tasse et Soucoupe en ancienne porcelaine de
Saint-Cloud.

143 — Corps de Vase Louis XVI en biscuit.

144 — Potiche en porcelaine du Japon.

GRÈS, BISCUITS

145 — Cruchon en ancien grès de Flandre, émaillé en bleu et violet, décoré d'un double rangs de cœurs.

146 — Canette en ancien grès de Siegburg, décorée de **figures.**

147 — **Groupe de biscuit de** Sèvres : Le Retour de Chasse ; trois figures.

148 — Figure de Fillette portant des **fruits sous un** pli de sa jupe, ancien biscuit de Sèvres.

149 — Groupe de deux figures en biscuit : Jeune **Galant** assis offrant des fleurs à une dame debout près d'un vase.

150 — Trois pièces : Flacon à odeur en biscuit de Weedgvood, forme plate et ovale et deux Médaillons : Portraits d'Hommes du temps de Louis XVI.

MEUBLES

151 — Meuble Louis XIII, à deux corps et à fronton ajouré, enchâssé, sculpté à guirlandes de fleurs et moulures.

152 — Buffet-Dressoir formé du haut d'un meuble du XVIᵉ siècle, sculpté à figures et colonnes à chapiteaux, sur lequel repose une étagère à deux tablettes et un entablement de même style.

153 — Pendule Louis XV en marqueterie de cuivre et
d'écaille, ornée de bronzes et surmontée d'une
figure d'enfant.

154 — Petit Meuble offrant sur la face trois panneaux
Renaissance sculptés à figures sous des arceaux et
sur les côtés des motifs d'entrelaces.

155 — Bahut du xvie siècle, en noyer sculpté, à médaillon ovale, représentant un cavalier et à montants
formés de cariatides.

156 — Etagère formée d'une longue frise en noyer
finement sculpté, représentant les figures théolo-
gales et des enfants musiciens. Epoque Louis XIII.
Travail flamand.

157 — Cabinet italien du xvie siècle, en bois de noyer
sculpté à portiques, cariatides et figures d'enfants.

158 — Petit Meuble Cabinet Renaissance, en bois de
noyer sculpté à figures et portiques.

159 — Petite Commode Louis XV, en bois de placage,
garnie de bronzes.

160 — Fauteuil du temps de Louis XIII, en bois
sculpté et doré, garni de tapisserie de Beauvais du
temps de Louis XV, représentant Le Renard et la
Cigogne et le Singe et deux Chiens, dans des enca-
drements de fleurs, compositions d'après OUDRY.

161 — Fauteuil italien, en bois sculpté et doré, du
xviiie siècle, garni de tapisserie au petit point, représentant Moïse sauvé des eaux et le Jugement de
Salomon.

162 — Bahut Renaissance, en noyer sculpté, orné de
deux cariatides sur les montants et d'un panneau à
médaillon et sphinx ailés.

163 — Petite Table-Support à six pieds, en bois de noyer tourné.

164 — Pendule de forme dite Religieuse, en marqueterie de cuivre et d'écaille, surmontée d'une figure d'apôtre en bronze. Cadran garni d'ornements appliques, découpés, avec cartouche émaillé au nom de *Thuillier, à Paris.*

165 — Deux petits Chenets Louis XVI, en cuivre, galeries à boules et supportant un lévrier.

TAPISSERIES, GUIPURES

166 — Deux Portières en tapisserie ancienne à sujet de verdure, l'une avec figure de chasseur.

167 — Tableau en tapisserie des Gobelins du xviie siècle, représentant Artémise de profil à droite devant une table couverte d'un tapis d'Orient, supportant un vase. Cadre Louis XIV en bois sculpté.

168 — Bandeau en tapisserie de Bruxelles du xviiie siècle, offrant un brûle-parfum au milieu de rinceaux de fleurs.

169 — Lot de Morceaux de tapisserie verdure et à petits sujets de figures. Un dossier de fauteuil en tapisserie d'Aubusson. Ce lot sera divisé.

170 — Petit Panneau en hauteur, en tapisserie représentant trois figures d'enfants dans un paysage.

171 — Deux petites Nappes et un Col et plusieurs Morceaux d'ancienne guipure de Venise.